国家出版基金项目
NATIONAL PUBLICATION FOUNDATION

记住乡愁

——留给孩子们的中国民俗文化

刘魁立◎主编

安德明◎著

第六辑 口头传统辑（二）

民间谚语

本辑主编 杨利慧

黑龙江少年儿童出版社

编委会

序

亲爱的小读者们，身为中国人，你们了解中华民族的民俗文化吗？如果有所了解的话，你们又了解多少呢？

或许，你们认为熟知那些过去的事情是大人们的事，我们小孩儿不容易弄懂，也没必要弄懂那些事情。

其实，传统民俗文化的内涵极为丰富，它既不神秘也不深奥，与每个人的关系十分密切，它随时随地围绕在我们身边，贯穿于整个人生的每一天。

中华民族有很多传统节日，每逢节日都有一些传统民俗文化活动，比如端午节吃粽子，听大人们讲屈原为国为民愤投汨罗江的故事；八月中秋望着圆圆的明月，遐想嫦娥奔月、吴刚伐桂的传说，等等。

我国是一个统一的多民族国家，有 56 个民族，每个民族都有丰富多彩的文化和风俗习惯，这些不同民族的民俗文化共同构筑了中国民俗文化。或许你们听说过藏族长篇史诗《格萨尔王传》

中格萨尔王的英雄气概、蒙古族智慧的化身——巴拉根仓的机智与诙谐、维吾尔族世界闻名的智者——阿凡提的睿智与幽默、壮族歌仙刘三姐的聪慧机敏与歌如泉涌……如果这些你们都有所了解，那就说明你们已经走进了中华民族传统民俗文化的王国。

你们也许看过京剧、木偶戏、皮影戏，看过踩高跷、耍龙灯，欣赏过威风锣鼓，这些都是我们中华民族为世界贡献的艺术珍品。你们或许也欣赏过中国古琴演奏，那是中华文化中的瑰宝。1977年9月5日美国发射的"旅行者1号"探测器上所载的向外太空传达人类声音的金光盘上面，就录制了我国古琴大师管平湖演奏的中国古琴名曲——《流水》。

北京天安门东西两侧设有太庙和社稷坛，那是旧时皇帝举行仪式祭祀祖先和祭祀谷神及土地的地方。另外，在北京城的南北东西四个方位建有天坛、地坛、日坛和月坛，这些地方曾经是皇帝率领百官祭拜天、地、日、月的神圣场所。这些仪式活动说明，我们中国人自古就认为自己是自然的组成部分，因而崇信自然、融入自然，与自然和谐相处。

如今民间仍保存的奉祀关公和妈祖的习俗，则体现了中国人崇尚仁义礼智信、进行自我道德教育的意愿，表达了祈望平安顺达和扶危救困的诉求。

小读者们，你们养过蚕宝宝吗？原产于中国的蚕，真称得上伟大的小生物。蚕宝宝的一生从芝麻粒儿大小的蚕卵算起，中间经历蚁蚕、蚕宝宝、结茧吐丝等过程，到破茧成蛾结束，总共四十余天，却能为我们贡献约一千米长的蚕丝。我国历史悠久的养蚕、丝绸织绣技术自西汉"丝绸之路"诞生那天起就成为东方文明的传播者和象征，为促进人类文明的发展做出了不可磨灭的贡献！

小读者们，你们到过烧造瓷器的窑口，见过工匠师傅们拉坯、上釉、烧窑吗？中国是瓷器的故乡，我们的陶瓷技艺同样为人类文明的发展做出了巨大贡献！中国的英文国名"China"，就是由英文"china"（瓷器）一词转义而来的。

中国的历法、二十四节气、珠算、中医知识体系，都是中华民族传统文化宝库中的珍品。

让我们深感骄傲的中国传统民俗文化博大精深、丰富多彩，课本中的内容是难以囊括的。每向这个领域多迈进一步，你们对历史的认知、对人生的感悟、对生活的热爱与奋斗就会更进一分。

作为中国人，无论你身在何处，那与生俱来的充满民族文化DNA的血液将伴随你的一生，乡音难改，乡情难忘，乡愁恒久。这是你的根，这是你的魂，这种民族文化的传统体现在你身上，是你身份的标识，也是我们作为中国人彼此认同的依据，它作为一种凝聚的力量，把我们整个中华民族大家庭紧紧地联系在一起。

《记住乡愁——留给孩子们的中国民俗文化》丛书，为小读者们全面介绍了传统民俗文化的丰富内容：包括民间史诗传说故事、传统民间节日、民间信仰、礼仪习俗、民间游戏、中国古代建筑技艺、民间手工艺……

各辑的主编、各册的作者，都是相关领域的专家。他们以适合儿童的文笔，选配大量图片，简约精当地介绍每一个专题，希望小读者们读来兴趣盎然、收获颇丰。

在你们阅读的过程中，也许你们的长辈会向你们说起他们曾经的往事，讲讲他们的"乡愁"。那时，你们也许会觉得生活充满了意趣。希望这套丛书能使你们更加珍爱中国的传统民俗文化，让你们为生为中国人而自豪，长大后为中华民族的伟大复兴做出自己的贡献！

亲爱的小读者们，祝你们健康快乐！

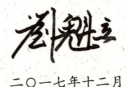

二〇一七年十二月

目　录

谚语：民众智慧的结晶

谚语：民众智慧的结晶

"良言一句三冬暖，恶语伤人六月寒""种瓜得瓜，种豆得豆""世上无难事，只怕有心人""燕子低飞蛇过道，大雨不久就来到"这些流传于民间言简意赅的短语，就是谚语。谚语是多以口语形式存在的、通俗易懂的短句或韵语，表示固定而完整的意思，形式上有较大的灵活性。人们在日常交流中经常使用谚语，其内容包含极广。多数谚语反映了劳动人民的生活实践经验。

谚语是一种具有广泛影响的民间文学体裁，它经常出现在人们的语言交流中。谚语形式短小明快，艺术手法灵活多样，精练的语句中，往往蕴含着深刻的哲理、科学知识，以及丰富的历史文化信息。可以说，谚语实际上是一个民族集体智慧的结晶，在人们的日常交流中发

谚语在人们的日常交流中发挥着重要的作用

挥着重要的作用。

一、什么是谚语

谚语通常指含有丰富的知识、经验、思想和教育意义的俗语，是一种十分古老的文学体裁。有关它的称谓，至少有十种不同的说法，例如"里谚""鄙谚""俚谚""俗谚""鄙语""野语""常言""俗话""老话""古话"等。而以"谚"这个概念来称呼这种语言形式，在先秦时期就已经出现，并成为指称谚语的最为主要的一个概念。

"谚"本身是一个多义词，在不同文献和不同语境中，它的意义差别很大。首先，谚具有形容词的性质。例如，《尚书·无逸》："相小人，厥父母勤劳稼穑，厥子乃不知稼穑之艰难，乃逸，乃谚……"在这里，谚是指任性妄为的意思。

作为名词的谚，在古汉语中通常有三种含义：第一种，也是最为主要的一种，就是我们所说的谚语。例如，"俚语曰谚"（《尚书·无逸》），"谚，俗语也"（《礼记·大学》），"谚者，直语也"（《文心雕龙·书记》），"谚训传言，言者直言之谓，直言即径言，径言即捷言也"（《古谣谚·凡例》）等。第二种，是表示"俗语"或"俗称"的意思。例如，"谚称吏部为'例部'"（《宋史·志·卷一百十一》），"所以被访之家，谚称为划，毒害可知矣"（《明史·志·卷七十一》）等。第三种，则是指短小的歌谣。例如，"马良字季常，襄阳宜城人也。

兄弟五人，并有才名。乡里为之谚曰：'马氏五常，白眉最良'"（《三国志·蜀书》），"三府谚曰：'车如鸡栖马如狗，疾恶如风朱伯厚'"（《后汉书·陈蕃传》）等。第三种例子中提到的"谚"，虽然从形式上来看短小凝练，合辙押韵，节奏明快，看起来与谚语相似，但并不是我们所说的谚语，而属于时代歌谣。它们同谚语的主要区别在于这些内容是为时人、时事而作，是对于具体人物或事件的描述，并非是对社会经验或自然知识的总结。

谚语是不同时代背景下人们不同认识的反映，尤其体现了其与民间文学等相关体裁之间的高度相似性，且具有相互之间容易混淆的特

马良画像

点。因此，对谚语做出一个准确、明晰的定义就显得格外重要。

中外有关谚语的定义不胜枚举，迄今为止也未形成统一的看法。例如，在中国有这样一些影响较大的观点："谚是人的实际经验之结果，而用美的言词以表现者，于日常谈话可以公然使用，而规定人的行为之言

语。""谚语是民间集体创作、广为口传、言简意赅并较为固定的艺术性语句，是民众丰富智慧和普遍经验的规律性总结。"一些英语国家对于谚语（proverb）的解释则更为丰富，如"街头的智慧""日常经验的女儿""日常公认的用法中简短精练的言语"等。一些辞典、百科全书也对此做了解释，例如"通常以比喻或押韵的形式来表达通过经验或观察获得的某种真理并为大众所熟悉的简明的话句"（《牛津英语辞典》），"被公众所使用的有关智慧或忠告的简短陈述"（《哥伦比亚百科全书》）等。纵观这些定义，它们通常都强调了谚语总结经验、讲述道理、形式简练以及为大众所接受的特征。

参照已有的观点，我们对谚语做如下的界定：它是以简短易记的语句和相对定型的结构来总结集体经验、传授普遍知识、讲述基本道理、指导或规范人的社会实践且世代相传的口头语言艺术。它具有突出的口语性特征，同时又言简意赅、节奏鲜明，常常用一个完整的句子来表达一种确然的论断，在日常应用中具有"公理"的性质和作用。

二、谚语与俗语、歌谣、格言及歇后语的区别

作为一种语言艺术，谚语与俗语、歌谣、格言及歇后语等相关体裁有极高的相似性，十分容易被人们混为一谈。学会区分谚语同这些体裁之间的不同，有利于认识谚语本身的特征。

1. 谚语与俗语的区别

俗语与谚语相似，也是相对定型并广为流传的形象化的口头语言形式，其中有不少内容经常被人们当作谚语看待，例如，"临时抱佛脚""说时迟，那时快""一不做二不休""坐山观虎斗""打开天窗说亮话"等。但结合谚语的定义就可以发现，这一类短语大多缺少传授知识与经验或讲述道理的特征，而主要是有关某种状态或性质的艺术化描摹；同时，它们所表达的意思是不完整的，通常只能作为句子成分，而不能作为完整的句子来独立使用，因此它们不属于谚语。

2. 谚语与歌谣的区别

一般而言，歌谣的篇幅都比较长，由四句以上内容构成的结构完整、体裁统一的韵文，通常不属于谚语。但是那些只有两三句的短歌谣，很容易被当作谚语。对

六月耕种

于这类在形式上简洁明快、富有韵律和节奏、句意完整，在内容上涉及人物、事件的艺术性短语，通过检验其是否具有总结和传授一般性的知识与经验或讲述某种道理的特点，我们就可以判断它们究竟属于谚语还是歌谣。例如，"六月里来热难当，农户倒比商人忙"，是描绘农忙时节忙碌景象的歌谣，而"六月忙，不算忙；八月忙，绣花姑娘请下床"，则是总结农忙时期相关经验的谚语。

3. 谚语与格言的区别

格言是同谚语最为接近的一种体裁。广义的格言，指的是含有教育、劝诫意义的话，不少社会类谚语就包含在其中。这里要与谚语加以区分的是狭义的格言，即由名人或典籍中流传下来的比较广为人知的训诫性语句。

按照一些学者的研究，这二者之间的区别主要包括这样几点：谚语属于口头语言艺术，且其作者不明；格言属于书面创作，大都能找到出处或作者。谚语因口耳相传的需要决定了它富于韵律、形式短小的特征；格言则长句子较多，且可以表现为散文形式。格言内容以训诫为主，且语气通常都比较严肃。谚语则不全是训诫内容，即使包含训诫的内容，也大都表现为劝导的语气。根据以上区分，我们可以做出如下判断："站得高，看得远"是谚语，而"会当凌绝顶，一览众山小"是格言；"成人不自在，自在不成人"

是谚语，而"天将降大任于斯人也，必先苦其心志，劳其筋骨，饿其体肤，空乏其身，所以动心忍性，增益其所不能"是格言；"磨刀不误砍柴工"是谚语，"工欲善其事，必先利其器"是格言。

4. 谚语与歇后语的区别

歇后语又称"俏皮话""独脚语""引注语""缩脚语"等，是一种带有隐语性质且风趣幽默的口头常用语，由近似于谜面和谜底的两个部分组成，例如，"小葱拌豆腐——一清二白""张飞拿耗子——大眼瞪小眼""骑驴看唱本——走着瞧"等。

一般来说，谚语同歇后语还是比较容易区分的：歇后语往往由侧重各不相同的前后两部分组成，前一部分

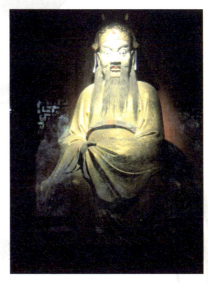

| 成都武侯祠中的张飞塑像 |

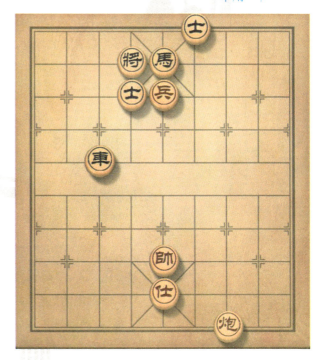

| "卒子过河当车用" |

以白描、比喻等不同的手法引出谜面或喻体，后一部分则以概括的方式点明谜底或本体，即全句的重点。例如，"小卒子过河——回不了头"；谚语所强调的重点，则包含在全部文本内，没有如上所说的差别，如"卒子过河当车用"。歇后语的功能，主要在于增强语言的趣味性与活泼性，如"牛犊子捉狼——胆大不顾命"；谚语则侧重于知识与经验的总结或道德的劝诫，如"初生牛犊不怕虎"。歇后语并不讲究节奏或韵律，如"六月里的稻谷——一天一个颜色"；谚语突出的则是韵律特征，如"六月六，看谷秀"。除此之外，歇后语常常只能

| "六月六，看谷秀" |

作为句子成分使用，而谚语则能够独立成句。

以上所述，只是谚语同相邻体裁之间的相对区别。有许多具体的文本很难简单地把它界定为某一种体裁，或者在历史发展的过程中会发生体裁属性的转换，这种现象可以说是口头艺术本身富有生机与活力的体现。例如，有些歌谣中的句子，可能本来是对当时流传的谚语的引用；另外一些句子，开始时可能是歌唱和描绘具体生产活动的，但由于其所描述的生产活动具有可重复性，因而变成了一种生产经验的总结，加上篇幅精练，富有节奏和韵律，因此，逐渐演变成了谚语。也就是说，尽管歌谣大多都是因时人、时事所作，内容往往同具体的、特定的时代、人物、事件密切相关，但其中也有不少可以转换成传播知识和经验的谚语。

发生这种转换的原因，既同这些歌谣在形式上的短小精练有关，更同其内容对相关人群的生活实践具有传播知识、经验等指导意义有关。例如，"宁饮三升酢，不见崔弘度。宁茹三升艾，不逢屈突盖"（《隋书·列传·卷三九》），"有风七里，无风七十里"（七里滩谚，见《舆地纪胜》），"晴禹祠，雨龙瑞"（绍兴邦人旧语，见《舆地纪胜》）等。它们均是关于某个特定地区或特定群体专业知识和经验的表达和传授，慢慢地成了当时该地区或人群中特有的谚语。

《三才图会》中的司马懿画像

司马懿

将帅之才奸雄之志
秉政专权见利忘义

此外，也有一部分同具体的历史人物或事件有关的精练韵语，像"死诸葛惊走活仲达"，今天常说成"死诸葛吓跑活司马"，由于在流传过程中所涉及的具体人物或事件逐渐演变成了象征化的、比喻性的形象，因而也成了表达一般性经验的谚语。类似的例子，在格言、歇后语中也有很多。

中国谚语的发展简史

| 中国谚语的发展简史 |

谚语是随着人类语言能力的提高和社会历史的进步而产生的。

在不断发展和日趋丰富的社会生活与生产劳动中，人们获得越来越多的知识，语言能力在一定程度上有所发展，同时不同民族的语言在运用中所体现出的节奏性特征日趋完善，为及时总结、交流和传承这些知识创造了可能。这种节奏性，是同自然万物运动的规律及人体生理反应的节奏相对应的，生命活动最独特的原则是节奏性，所有的生命都是有节奏的。在困难的环境中，生命节奏可能变得十分复杂，但如果真的失去了节奏，生命便不再继续下去。这使得人类本性中与生俱来地存在着对语言节奏性亲近或遵从的感情。因此，富有节奏感的语句，往往容易被人接受和记忆。于是，人们将那些在长期实践中所总结出来的、经得起反复验证的经验和认

| 自然运行的节奏——德天大瀑布 |

识用易说、易懂、易记的语句加以表述，从而形成简短明快、富有韵律的固定短语结构，这就是谚语。

这种形式被人们接受后便在长期的文化传承中形成一种具有权威性的地位，既在主体结构上具有相对定型的特点，又常常在应用中极大地影响着人们的行为和思想。

在我国先秦时期，从结

"宁为鸡口，无为牛后"

构模式和艺术手法来看，谚语已经发展成为一种十分成熟的文体。对偶、比喻或直言其理的修辞手段，在这一时期已得到普遍应用。这一时期有很多经典谚语流传下来，内容广泛涉及伦理、修养、社会行为准则及一般事理等多个方面。例如，"君子之爱人也以德，细人之爱人也以姑息"（《曾子易箦》），"君子周急不济富"（《论语·雍也》），"君子成人之美"（《论语·颜渊》），"君子以自强不息"（《周易·乾》），"厚者不毁人以自益也，仁者不危人以要名也"（《战国策·燕策三》），"远亲不如近邻"（《东堂老》），"宁为鸡口，无为牛后"（《战国策·韩策一》），"从善如登，从恶如崩"（《国

语·周语下》），"玉不琢，不成器；人不学，不知道"（《礼记·学记》），"风马牛不相及"（《左传·僖公四年》），"千里之行，始于足下"（《道德经》），"祸兮福之所倚，福兮祸之所伏"（《道德经》），"远水不救近火"（《韩非子·说林上》）等。其中所强调的道理和原则，不仅成了当时社会生活的基本规范，还构成了中华民族传统文化的核心内容。

由此可见，谚语在语言文字形成和发展的早期阶段，就已经成为民族文化的特殊表达形式。而作为一种成熟的文体，在后世的发展中，尽管它也在不断发生变化，但主要体现为因社会生活的日益丰富而不断拓展和累积，

很少再有更多艺术手段和结构形式上的变化。

另一方面，作为传统农业大国，我国在先秦时期就出现了许多有关自然知识与农业生产经验的谚语，例如，"上天同云，雨雪雱雱"（《诗经·小雅·信南山》），"飘风不终朝，骤雨不终日"（《道德经》），"七月食瓜，八月断壶"（《诗经·豳风·七月》），"九月筑场圃，十月纳禾稼"（《诗经·豳风·七月》）等。随着后世农业技术的不断进步和生产活动的内容日趋多样，积累也愈加丰富，与农业相关的谚语逐渐变为我国谚语中十分重要的组成部分。

尽管谚语早在先秦时期就已经是一种十分重要、成熟的文体，被广泛应用于各

个阶层的生活实践当中，但它并没有像诗歌那样，很早就被文人编成《诗经》那样的专辑。这或许同早期人们尚未能完全认识到谚语的独立属性有关，但更主要的原因，恐怕还在于它被当作与具体语境密不可分的一种对象来理解和使用的。

宋明以来，不断有人重视采录古今谚语。如周守忠

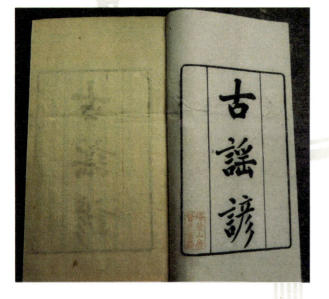

所编的《古今谚》。尽管该书今已失传，但它开创了文人辑录谚语的风气。明清时期，出现了一批辑录古今谚语的书籍，如杨慎的《古今谚》、郭子章的《六语》、曾廷枚的《古谚闲谭》、杜文澜的《古谣谚》、范寅的《越谚》等，对我国古代谚语的流传起到了十分重要的作用。其中，杜文澜的《古谣谚》称得上中国古谚之集大成者，全书100卷，其中正文85卷，附录14卷，集说1卷，并且还对书中诸条谣谚引述本事，标明了出处，对各种疑难词语加以考证，在规模、见识和眼光各方面，都达到了历代谚语专书乃至当代不少谚语集都无法超越的水平。

谚语的分类与考察角度

| 谚语的分类与考察角度 |

千百年来，我国各族人民创作和积累了大量的谚语，其内容涉及人们对生存环境及社会生活各个方面的认识和总结。从大的方面可以分为自然类谚语、生产类谚语和社会类谚语，具体可分为以下八类：自然类谚语、农业谚语、行业谚语、事理谚语、修养谚语、社交谚语、生活谚语和时政谚语。

这种分类方法，是从共时性的角度对当前所见谚语内容的一种划分，但需要说明的是，在不同历史阶段，由于社会生活形态的差异——也由于我们今天所见记录谚语的文献的意旨、情趣各不相同，每个时期谚语的主要内容、类型及应用情况，往往具有不同的侧重点。

在这里，我们还需要对谚语的发展规律和考察角度等做一个交代。

首先，谚语是人们在日常生活中经常应用的一种文体，这就决定了它必须具有很强的"适应性"。它因人的现实需要而产生，并在实际生活中发挥着指导、规范等重要功能。当社会现实与时代思潮发生较大变化时，它必然要适应新的形势而在内容、形式上不断调整和变化。正因为这样，谚语才始终保持着鲜活的生命力，在每个时代，都有新的内容产生。正因为这样，在谚语流传的过程中，有的得到了完整的保留，有的在内容或形式上发生了变化，有的则彻底消失了。

其次，关于谚语的使用及其语境问题，是考察谚语的一个重要角度。在这个问题上，研究者中曾存在两种截然不同的看法。有人认为，谚语的文本本身就具有自给自足的特征，不需要结合语境就可以认识和理解。另一种看法则强调，由于文本的简约性，一则谚语在不同的语境中往往可能具有不同的甚至截然相反的深层意义，这种意义只有结合具体语境才能加以正确理解。随着研究的深入，后一种意见目前已占据主导地位。

与这个问题相关的思想，在我国宋代以后出现的各种谚语专书的编辑体例中有所反映：有的谚语集只列举谚语文本本身，并无相关应用情况的交代；有的则为每条谚语文本列出了具体应用的上下文。虽然这些集子均未言明同语境的相关问题，但从其具体做法上，可以清楚地看出只重视谚语文本和文本与语境并重的两种不同思路。

有学者针对相关问题曾指出：中国的谚语在语义上的民族性，主要表现在风土性的事物上，如高山大川、乡土特产、名胜古迹、习俗风情等，即使在民族内部，异时异地都有很强的封闭性、独特性。对于外国人来说，需要费一番力气才能理解。例如"泰山为五岳之尊，沂山为五镇之首"，是在中国特定的历史条件下形成的，现今许多中国人已说不清"五岳"，更不论"五镇"，这对外国人来说，几乎难以理解。又如"人中吕布，马中赤兔"，这种与中国历史上特定人物相关的谚语，外国人理解起来更是困难。

通过以上论述可以看出，语境问题实际上一直是使用谚语中最重要的一个问题。在理解谚语时，时代语境或地域语境构成了基本的前提。缺乏对这些语境的掌握，就很难理解和领会谚语的意义。

因此，就语境问题而言，本书的观点与下面这段文字所表达的意见是一致的：

民俗的具体事象十分重要，但如果缺乏赋予该事象生命力的语境方面的信息，我们就无法知道这一事象的真正意义……把为这个或那个族群的成员所了解的谚语条目编纂成册可能是一件有趣的事，但是，如果一个群体谚语只是从早期流传下来的少量的词句，而其他群体的谚语却是仍在经常使用的修辞性格言，那么，这些条

泰山——五岳独尊

目的意义就会有很大的差异。对于后一类的谚语，民俗学者就需要了解那些谚语是在什么场合、如何被使用的，什么人在使用它们，为什么要使用，它们又是如何被嵌入一段会话当中的……用马林诺夫斯基关于语言事实的论断来说，真正的民俗事实"是在其情境化语境中的完整表达"。

总之，谚语不仅是一种文学形式，而且还是一种综合的文化现象，它只有在具体的语境即实际应用中才能体现出意义的完整性并发挥作用。因此，对谚语的考察，必须要结合相关的语境。

自然与生产类谚语

自然与生产类谚语

中国是以农业立国的国度，在长期的农业生产实践中，人们积累、总结了丰富的有关自然界的认识以及农业（包括农、林、畜、牧及园艺等）与其他行业方面的技术知识，这些知识大多数被概括成了易懂、易记、易传颂的谚语。它们在体现和总结不同地域、不同环境及不同时代的自然人文特性的同时，又成了长期以来相关条件下，人顺应自然或从事生产的行为指南。

一、自然类谚语

自然类的谚语还可以进一步分为时令谚语、天文谚语、风土谚语和气象谚语等不同类型。

时令谚语是人们结合历法知识来总结自然运行规律的谚语，例如，"立春一日，

"立春一日，百草回芽"

百草回芽""春打五九尽，春打六九头""三月三，脱了棉袄换布衫""六月六，晒得鸡蛋熟""冷在三九，热在三伏""七月枣，八月梨，九月柿子红了皮""一场秋雨一场寒""三九四九，冻死猪狗"……

天文谚语是对天文现象的总结，例如，"人逢喜事精神爽，月到中秋分外明""十五的月亮十六圆""上弦半月圆，下弦圆半月"……

风土谚语反映的是有关特定地区或环境风物的特征，例如，"东北三大宝，人参貂皮乌拉草""上有天堂，下有苏杭""先有潭柘寺，

"十五的月亮十六圆"

杭州西湖

|北京潭柘寺|

|"朝霞不出门，
晚霞行千里"|

后有北京城""早穿皮袄午穿纱，围着火炉吃西瓜"……气象谚语针对的则是有关天气变化规律的知识。与直陈其事、对自然规律进行直接描述的自然谚语不同，这类谚语往往通过事物间的某种特殊联系来进行预测，具有明显的占候性质。例如，"八月十五云遮月，正月十五雪打灯""朝霞不出门，晚霞行千里""大暑天连阴，遍地出黄金""大旱三年忘不了五月十三""大寒见三白，农人衣食足""冬天麦盖三

|"冬天麦盖三层被，来年枕着馒头睡"|

层被，来年枕着馒头睡""春寒多雨水""干星照湿土，来日依旧雨""正旦晴，万物皆不成""芒种雨，百姓苦""日落胭脂红，无雨必有风""黄梅寒，井底干""芒种火烧天，夏至雨涟涟"等。

二、农业谚语

农业谚语是总结和传递农业生产经验的谚语。作为传统农业大国，中国各地都传承着丰富的农业谚语，这些农业谚语在传统农业生产实践中发挥着重要的指导作用。农业的定义有广义和狭义之分。狭义的农业，主要指种植业；广义的农业，则包括种植业、畜牧业、林业和渔业等。我们在这里所阐述的是后一种意义上的农业。

有关种植业方面的，例如，"虽有智慧，不如乘势；

"马靠四只蹄，无蹄不能骑"

"养牛没有巧，水足草料饱"

虽有镃基，不如待时""早种三分收，晚种三分丢""地锄三遍，胜过浇水""人哄地皮，地哄肚皮"等。

关于畜牧业方面的，例如，"羸牛劣马寒食下""家中无活畜，有地也不富""马靠四只蹄，无蹄不能骑""养马无巧，夜草喂饱""养牛没有巧，水足草料饱""羊吃百样草，得病活不了""秋驴不活，活了顶个骡"等。

关于园林技艺方面的，例如，"阳桃无蔕，一岁三熟""欲知五谷，但视五木""触露不掐葵，日中不

"十年之计，莫如树木"

"一寸水，一寸鱼"

剪韭""三月种瓜结蛋蛋，四月种瓜扯蔓蔓""七月阳桃八月楂，九月栗子笑哈哈""一年之计，莫如树谷；十年之计，莫如树木"等。

关于渔业方面的，例如，"一寸水，一寸鱼""鱼尾开叉，捉鱼不发家""一草养三鲢，三鲢带一鳙""紧拉鱼，慢拉虾""九月圆脐十月尖"等。

"白露早，寒露迟，秋分种麦正当时"

农业谚语的产生及其应用均有特殊的地域适应性。这在有关种植业的农业谚语中有较为明显的体现，比如，有的地方说，"白露种高山，秋分种平川"，而有些地区则强调"白露早，寒露迟，秋分种麦正当时"，体现出既要不违农时，又要根据不同地区特定的气候状况来安排具体生产时间的特征。

三、行业谚语

行业谚语是对除农业之外社会生产与生活各个专业领域的经验与知识的总结，所涉及的范围包括商业、手工业、文化、体育、教育、医药等诸多行业。

关于商业方面的，例如，"天下熙熙，皆为利来；天下攘攘，皆为利往""人不为利，谁肯早起""百里不贩樵，千里不贩籴""冬至年画到，小暑买镰刀""水则资车，旱则资舟""以贫求富，农不如工，工不如商，刺绣文不如倚市门""利从诚中出，誉从信中来""和气能生财，强横客不来""平则人易客，信则公道著""逢俏不赶，逢滞不丢""做人讲人格，买卖讲道德"等。

关于手工业方面的，例如，"三百六十行，行行出状元""荒年饿不死手艺人""领衬要刮浆，袋盖要镶帮""纺车响，饭菜香""泥瓦匠，住草房；纺织娘，没衣裳""干活要有头尾，裁衣要有尺寸""长木匠，短铁匠，不长不短是石匠""慢工出细活"等。

关于文化、体育、教育方面的，例如，"一寸长，

"和气能生财，强横客不来"

"慢工出细活"

"一寸长，一寸强"

"好记性不如烂笔头"

一寸强""手是两扇门，全靠脚打人""好记性不如烂笔头""少壮不努力，老大徒伤悲""功夫不负有心人""活到老，学到老""师父领进门，修行在个人"等。

关于医药方面的，例如，"宁治十男子，不治一妇人；宁治十妇人，不治一小儿""是药三分毒""郎中医病，不能医命""有病早治，无病早防""针灸拔罐，病去一半""黄连救命无功，人参杀人无过"等。

社会类谚语

| 社会类谚语 |

社会类谚语的内容十分丰富，按其内容，大体可以分为事理谚语、修养谚语、社交谚语、生活谚语和时政谚语等不同类型。这些谚语，除了部分直接表达相关观点之外，有不少是通过比喻或类比的方式来表达劝诫的意义。其表现形式基本上为表面陈述一个经验性的事实，实际上却包含着更深层的道理，像"鹿死不择音"（《左传·文公十七年》）表义为鹿到了快死的时候，不选择庇荫的地方，喻义只求安身，不择处所；也指情况危急，无法慎重考虑。"虽鞭之长，不及马腹"（《左传·宣公十五年》）表义为马鞭虽然很长，也不该打在马肚子上。喻义为相隔太远，力量达不到。"颠沛之揭，枝叶未有害，本实先拨"（《诗经·大雅·荡》）表义指树木在即将倾倒之时，尽管枝叶尚未受到伤害，但外露的树根已经断绝，比喻大势将去。"社鼠不可熏去"（《晏子春秋·外篇七》）表义指社庙中的鼠患难以杜绝，比喻君王身边的奸佞大臣不易清除。上述谚语普遍采用了象征、隐喻之类的修辞手法。当然，这样的内容要得到大众的认可并长久流传，首先，在第一层面的事实表述上必须客观、准确，经得起时间检验，然后才能进一步恰当传达第二层面的比喻性意义，从而获得生命力。倘若这类韵语在第一层面的经验事实总结和表述上就存在问题和错误，不但不能传达更深层的意义，更无法得到长久的流传。

|"千里之行，始于足下"|

一、事理谚语

事理谚语是总结和讲述事物或社会生活的基本规律与普遍道理的谚语。例如，"飞鸟尽，良弓藏；狡兔死，走狗烹""智者千虑，必有一失；愚者千虑，必有一得""天作孽，犹可恕；自作孽，不可活""来说是非者，便是是非人""平生不做亏心事，半夜不怕鬼敲门""奔车之上无仲尼，覆舟之下无伯夷""宁为鸡口，无为牛后""谁人背后无人说，谁人背后不说人""千里之行，始于足下""种瓜得瓜，种豆得豆""前车之覆，后车之鉴""狐欲渡河，无奈尾何"等。

二、修养谚语

这一类谚语主要涉及个人志向、品德、胆识与教养等方面的基本原则。例如，"君子不蔽人之美，不言人之恶""君子不镜于水，而镜于人；镜于水，见面之容；镜于人，则知吉与凶""仁不轻绝，智不轻怨""从善如登，从恶如崩""千人所指，无病而死""有志不在年高，无志空长百岁""好人朋友多，好马主人多""亏人是祸，亏己是福""好汉出在嘴上，好马出在腿上""胆小不得将军做""人外有人，天外有天""士为知己者死，女为悦己者容""千金之子，不死于市"等。

三、社交谚语

这一类谚语主要是关于社会关系与人际交往中的原则、经验、伦理的总结，对人们之间的交往具有一定的规范作用。例如，"众人拾柴火焰高""求人不如求己""你敬人一尺，人敬你一丈""多个朋友多条路，多个冤家多道墙""君子

"好汉出在嘴上，好马出在腿上"

坦荡荡，小人长戚戚""君子之接如水，小人之接如醴""物以类聚，人以群分""锅里有，碗里才有""人多乱，龙多旱，母鸡多了不下蛋""与人方便，与己方便""有借有还，再借不难""一个篱笆三个桩，一个好汉三个帮"等。

四、生活谚语

生活谚语主要是关于生活态度、人生历程、衣食住行及医药卫生等日常生活各个方面经验的总结。例如，"吃得苦中苦，方为人上人""人往高处走，水往低处流""庄稼靠人管，人勤地不懒""穷家富路""一天省一把，十年买匹马""东西要吃暖，衣服要穿宽""春捂秋冻，不生杂病""饿了吃糠甜如蜜，饱了吃蜜蜜不

"庄稼靠人管，人勤地不懒"

| "男大当婚，女大当嫁"|

甜""心宽不在屋宽""情人眼里出西施""男大当婚，女大当嫁""少年夫妻老来伴""家和万事兴""家家有本难念的经""寒从脚起，病从口入""伤筋动骨一百天""千金难买老来瘦"等。

五、时政谚语

时政谚语是我国历史上涉及时政、阶级矛盾与社会斗争等政治生活诸多方面的经验总结，是了解不同时代政治思想史的重要资料，对当代人处理与政治有关的问题有重要参考价值。例如，"县官漫漫，冤死者半""士无贤不肖，入朝见疾""政如冰霜，奸宄消亡；威如雷霆，盗贼不生""治世则用文，乱世则用武""天不可一日无日，国不可一日无君""家贫出孝子，国乱显忠臣""非缠""天下乌鸦一般黑""八字衙门朝南开，有理无钱莫进来""大将保明主，俊鸟登高枝""兵可千日而不用，不可一日而不备"等。

"子不嫌母丑，狗不嫌家贫"

"俊鸟登高枝"

我族类，其心必异""天无二日，民无二主""匹夫无罪，怀璧其罪""娶妇得公主，平地生公府""子不嫌母丑，狗不嫌家贫""上梁不正下梁歪""阎王好见，小鬼难

值得注意的是，社会谚语当中有相当一部分内容与

某一具体的历史人物或历史事件有关，例如，"项庄舞剑，意在沛公"（《史记·项羽本纪》）"韩信将兵，多多益善"（《史记·淮阴侯列传》）等，这类谚语除了个别条目表达特定时代、特定环境下的经验之外，都具有以下特征：在内容上，其所涉及的人和事，都变成了象征化、比喻性的形象；在形式上，它们均非铺陈描写，旨在表达一个明确的论断；在应用上，它们经过一定的时间磨砺，都变成了可以脱离所涉及的具体人和事、在其他类似语境下被使用的象征符号，也就是具有一般性、规律性的特征。这三点，构成了以历史人物或事件为题材而形成的谚语的基本要素。

像 信 韩

另外，社会谚语中还有一部分似乎在传达着一种"消极"的观念，"生死由命，富贵在天"就是比较典型的例子。这种听天由命的态度，与大多数谚语中表现出来的积极进取精神，形成了鲜明的对比。但从实际来看，这类谚语其实也是对人生经验的一种总结。在自然生产与社会生活的各种活动中，人并不总是一帆风顺、事事如意的，人们在实践当中所遭受的一些失败以及由此而形成的挫折感，往往也会反映在谚语之中，并常常同在困境下最容易被唤起的宗教情感相互交织，形成一种看似表达消极情绪的谚语。

这类谚语之所以为人们普遍传诵，同它能够与人们相关方面的实际经验发生共鸣，起到心理安慰和帮助适应现实的作用，有着不可分割的关系。

谚语的应用

| 谚语的应用 |

谚语是一种具有强烈活态属性的民间文学体裁，其完整的意义与功能，只有在具体的使用中才能得到充分的体现和展示。那么，究竟是谁在使用谚语呢？

从广义的角度来看，谚语的使用者包括创造和传承具体谚语的一个民族或群体的全体成员。这些成员中，既有掌握大量谚语文本并能熟练运用这些内容的人，也有并不一定了解太多具体谚语内容却能够理解其意义和价值的人。用戏剧表演来打比方，前者就像是演员，后者则相当于观众，对于谚语传统的传承方式来说，二者

缺一不可，他们都是保证这一传统不断延续的基础。

一、历代使用谚语的例子

从历代使用谚语的情况看，在社会交流实践中，包括实际对话以及文人学者的书面论著在内，谚语都得到了广泛应用，并起到了丰富交流形式、加强表达分量、强化交流效果的作用。比如，《战国策·秦策三》中的这则记载，就因使用了谚语而增强了讲话人的说话分量：

"……语曰：'日中则移，月满则亏。物盛则衰，天之常数也；进退、盈缩、变化，圣人之常道也……"

类似的例子在历代文献

|《三才图会》中汉高祖刘邦（沛公）的画像|

|《晚笑堂画传》中张良的画像|

典籍中比比皆是。例如：

沛公入秦宫，宫室、帷帐、狗马、重宝、妇女以千数，意欲留居之。樊哙谏沛公出舍，沛公不听。良曰："夫秦为无道，故沛公得至此。夫为天下除残贼，宜缟素为资。今始入秦，即安其乐，此所谓'助桀为虐'。且'忠言逆耳利于行，毒药苦口利于病'，愿沛公听樊哙言。"沛公乃还军霸上。（《史记·留侯世家》）

时帝姊湖阳公主新寡，帝与共论朝臣，微观其意。主曰："宋公威容德器，群臣莫及。"帝曰："方且图之。"后弘被引见，帝令主坐屏风后，因谓弘曰："谚言：'贵易交，富易妻。'人情乎？"弘曰："臣闻：'贫贱之知不可忘，糟糠之妻不下堂。'"

帝顾谓主曰："事不谐矣。"（《后汉书·宋弘传》）

看官有所不知，常言道得好："江山易改，禀性难移。"那萧颖士平昔原爱杜亮小心驯谨，打过之后，深自懊悔道："此奴随我多年，并无十分过失，如何只管将他这样毒打？今后断然不可！"到得性发之时，不觉拳脚又轻轻的生在他身上去了。（《醒世恒言》）

八戒笑道："师父，他死了可干你事？又不是你家父祖，哭他怎的！"三藏道："徒弟啊，出家人慈悲为本，方便为门，你怎的这等心硬？"八戒道："不是心硬，师兄和我说来，他能医得活。若是医不活，我也不驮他来了。"那长老原来是一头水的，被那呆子摇动了，

也便就叫："悟空，若果有手段医活这个皇帝，正是救人一命，胜造七级浮屠。我等也强似灵山拜佛。"（《西游记》）

那刘姥姥先听见告艰难，只当是没有，心里便突突的，后来听见给他二十两，喜的又浑身发痒起来，说道："嗳，我也是知道艰难的。但俗语说的：'瘦死的骆驼比马大'，凭他怎样，

《西游记》插图

51

增加所说道理的分量，从而获得更好的效果。

值得注意的是，在不同的语境当中，人们使用谚语的方式各不相同。最明显的差别是，有些对话或写作中提到谚语时，前面会加上标明其属性的词，即"语曰""闻之""谚有之曰"或"俗话说"等。这种情况是谚语使用过程中的常见现象，是在实际应用中标明或强调谚语体裁的重要手段。一方面是因为说话人想以此来加强所引话语来历的权威性；另一方面，尤为重要的还有以下两个原因：首先，所引用的谚语内容，对于说者和听者来说，可能并不是耳熟能详的。因此，还需要用专门的标定符号来强调所引内容的属性。其次，在对

刘姥姥见凤姐

你老拔根寒毛比我们的腰还粗呢！"（《红楼梦》）

可以看出，谚语在人们实际谈话，特别是讲述道理的时候，常常被作为普遍真理和经典言论来加以利用。而在谈话中使用谚语，尽管并不一定总能达到说话人想要达到的目的，却往往能够

话关系中，说话人需要通过突出体裁属性的手段，来减少因引述谚语而暂时脱离具体对话关系的突兀感，以及由此造成的对听者的某种失礼行为，进而表达一种谦恭、尊重的态度。

除了采用标明体裁属性的手段之外，谚语在使用中被直接引述的情况也有很多，上文所引张良劝谏刘邦及唐僧教训八戒的话，就属于这种被直接引述的例子，此外我们还可以举出不少例子：

王拜手稽首曰："予小子不明于德，自厎不类。欲败度，纵败礼，以速戾于厥躬。天作孽，犹可违；自作孽，不可逭。既往背师保之训，弗克于厥初，尚赖匡救之德，图惟厥终。"（《尚书·商书·太甲中》）

曰"……玩人丧德，玩物丧志。志以道宁，言以道接。不作无益害有益，功乃成；不贵异物贱用物，民乃足。犬马非其土性不畜，珍禽奇兽不育于国，不宝远物，则远人格；所宝惟贤，则迩人安。呜呼！夙夜罔或不勤，不矜细行，终累大德。为山九仞，功亏一篑。允迪兹，生民保厥居，惟乃世王。"（《尚书·周书·旅獒》）

楚子城陈、蔡、不羹。使弃疾为蔡公。王问于申无宇曰："弃疾在蔡，何如？"对曰："择子莫如父，择臣莫如君。郑庄公城栎而置子元焉，使昭公不立。齐桓公城谷而置管仲焉，至于今赖之。臣闻五大不在边，五细不在庭。亲不在外，羁不在内，今弃疾在外，郑丹在内。君其少戒。"王曰："国有大城，何如？"对曰："郑京、栎实杀曼伯，宋萧、亳实杀子游，齐渠丘实杀无知，卫蒲、戚实出献公，若由是观之，则害于国。<u>末大必折，尾大不掉</u>。君所知也。"（《左传·昭公十一年》）

这些引文中用下划线标出的内容，均属于谚语，但引用者在使用中并未冠之以标定的词汇。说明在这些引用谚语的对话关系中，说者和听者双方对这些谚语的内容以及这一体裁本身都比较熟悉，双方的沟通也比较顺畅。

从这里我们也可以看出，即使没有明确的称谓来加以标示，但通过其格式的特殊性及其在上下文关系中呈现出来的特征，还是能够明显地显示出谚语这一体裁属性的。这往往比单纯以标定词来强调它更具有内在的约定性。所谓格式的特殊性，就是谚语的韵律、节奏及简约的形式等结构特点；而上下文关系中呈现的特征，则是它在言说过程中的出现，同所表达的具体内容之间具有既相脱离、又紧密联系的关系。也就是说，谚语在一段对话或叙事中的出现，往往会使正常对话或叙事发生暂时性中断，因为其所涉及的内容，同对话或叙事的具体内容并不相关；但是在内涵上，它又与整个话语过程密切相关。从这一点来说，谚语实际上构成了对话或叙事中的筋骨。

在以上所引例子中，有

的说话人通过使用谚语得到了很好的效果，有的却并没有起到什么作用。这说明，尽管在实际对话中应用谚语能加强话语的分量，但究竟能发挥多大作用，往往还要受说话人的地位、听话人的文化素养、谈话所涉及内容等诸多因素的制约。而在这些因素相对确定的前提下，是否使用谚语，才会体现出较大的差别。比如从上述有关宋弘的例子中，我们既可以看到谚语的普遍应用，又可以看到谚语使用时具有思想不同产生的效用也不同的现象：皇帝为劝说宋弘"易妻"而引用的谚语，所表达的显然是败坏的道德观；宋弘用以应答的谚语，则符合积极向上、正确的道德观，因而有力地支持了他婉言谢

"鹦鹉能言，不离飞鸟"

绝皇帝的行为。

再看下面的例子：

鹦鹉能言，不离飞鸟；猩猩能言，不离禽兽。今人而无礼，虽能言，不亦禽兽之心乎？夫唯禽兽无礼，故父子聚麀。是故圣人作，为礼以教人。使人以有礼，知自别于禽兽。（《礼记·曲礼上》）

出自《礼记·曲礼上》

55

的这段话，通过"鹦鹉能言，不离飞鸟；猩猩能言，不离禽兽"这一谚语，将人与动物进行对比，来强调人同禽兽的分别，体现人类作为万物之灵长的特殊性以及为保持这种特殊性而应该遵守社会规范的目的。这句谚语，可以看作是中国人在早期构建"人之为人"所遵循的基本原则的一个重要出发点。后人对于各种道德、行为方面的要求，都是建立在"人与禽兽不同"这个基本命题之上的。如果某个人被大家看作或斥为禽兽，那对他则是巨大的侮辱，也意味着他所生活的社会对他的摈弃。

二、谚语的当代传承

现当代以来，特别是20世纪80年代以来，随着现代化和全球化进程的不断加快，中国传统的生产生活方式发生了巨大改变。在这样的背景下，建立在传统农耕文明基础之上的民间文学，也受到了巨大冲击，其中许多内容开始走向衰落甚至消亡。谚语也不例外。与过去相比，人们在口头交流和书面写作当中，引用谚语的情况明显减少，能掌握较多谚语知识的人在数量上也有了明显的下降。与其说这种现象是谚语传承的断裂，还不如说是传统之河在流淌过程中必然遭遇的漩涡——流动的速度慢了，河流却始终不会断绝。

今天，在不少农村地区，人们仍然借助农谚知识来指导农业生产，安排一年的生活。仅以2016年底刚刚被列入联合国教科文组织《人类非物质文化遗产代表作名录》的二十四节气也有其相关的谚语为例，"过了惊蛰节，春耕不能歇""清明前后，种瓜点豆""苞米下种谷雨天""冬至大过年"等。这些谚语中包含了一年四季生活与生产的重要知识，至今在北方广大地区，人们仍在传诵。而大量从古代传承至今的社会谚语，尽管人们的使用明显减少了，但这些内容所传递的观念以及谚语文体本身在人们心目中所具有的权威性，却并未衰落。相反，作为民族精神的基因，它们始终保持着强大的生命力，继续充当着社会交流的重要资源，一旦遇到适合的语境，就会焕发出崭新的活力。

"百里不同风，千里不同俗"这则谚语早在先秦两汉时期的文献中就已经出现，只是表述略有差异，如《晏子春秋·问上》云"百里而异习，千里而殊俗"，《论衡·雷虚》则说"千里不同风，百里不共雷"。它包含着中国古代有关地域关系和群体关系十分重要的一种思想，体现了对于不同地域文化差异性的认识和承认，也构成了不同地域、人群和文化相互之间共存、共处的基本原则。根据这种认识，尽管每个地区、人群的具体生活实践和文化现象在表现方式上各有不同，却都可以被纳入"风"或"俗"这个更大的分类范畴，因而都是可以接受和理解的。就谚语的使用而言，讲话者引用这一谚语，则具有既承认"我"与"他"

「"百里不同风，千里不同俗"」

底蕴，"百里不同风，千里不同俗"的表述，又远比关于文化多样性的一般倡导厚重有力。

无论在日常交流还是在文章写作中，一个人能够广泛使用谚语，同他对这方面知识的熟练掌握分不开，也同他在对话或书写过程中具有的高度自信分不开。谚语的使用之所以能够发挥润滑剂或关键词的作用，又和听话人或读者对谚语文体本身价值的理解与认同密不可分，这实际上也从侧面进一步证明了谚语在现实生活中所具有的强大生命力。

或"我"与"你"的差别，又要争取在一致性的范畴中达到相互沟通、相互理解和相互尊重。这同今天国际社会有关承认和尊重文化多样性的共识可谓一脉相承。由于谚语文体所具有的"权威话语"属性以及谚语作品本身所蕴含的深厚的历史文化

对立的谚语

| 对立的谚语 |

从上文所引《后汉书》有关宋弘的描述，可以看出对待同样的事情，使用谚语可以表达迥然不同的观点。这种情况在古今中外十分普遍。

通过对历代流传的谚语进行比较分析，可以看到，很多总结社会生活经验及一些事理谚语，都呈现出相互对立的状态。即在其所涉及的领域，针对同一话题，同时存在着表达截然相反的两种观点的谚语。例如，关于如何求取财富，既有"君子爱财，取之有道"，又有"人无横财不富，马无夜草不肥"；关于气节与生死关系的认识，既有"宁为玉碎，不为瓦全"，又有"好死不如赖活着"；关于臣子（或个人）对君王（或王国）的态度，既有"良鸟恋旧林，良臣怀故主"，又有"良禽择木而栖，良臣择主而事"；关于婚姻与友情的处理方式，既有"贫贱之知不可忘，糟糠之妻不下堂"，又有"贵易交，富易妻"等。总之，任何一种说法，都有与之相对的另一种表述，它们的内容相互矛盾，却又为大众所熟知、接受，并被人们根据具体语境自由选择、灵活应用。

对于同一事理有两种截

然相反的表述，这种现象在谚语中大量存在，反映了谚语所描述或总结的社会生活与社会实践的复杂多样性以及人们根据不同社会文化语境进行选择和应对的灵活性。

从社会道德的角度而言，谚语中的这种抵牾表达，分别代表了相互对立的价值取向，如正与反、积极与消极、高尚与卑下等，而不同的人因情感、立场和修养等方面的差别，在具体应用时也会根据自己的需求而各有侧重。值得注意的是，这种同一道理中并存着两种对立表述的现象在中国谚语中广泛存在。相关表达长期流传广为人知的事实，表明其所涉及的相互对立的价值取向，

被人们当成了在不同情境下的行动指南。从中我们也可以看到民众思想观念的复杂性，人们的情感需求、审美情趣、价值取向等往往有迥然不同的发展方向，恰好与思维模式的双重性特征相对应。人们的价值观中包含着既相互矛盾又相互统一的二元结构。这使得人们对每一种道理都可能做出完全相反的认知和理解，对每一个问题都可能采取截然不同的处理方式，但无论从哪个维度去处理，都能够以具有"公理"属性的谚语的名义，给出堂而皇之的理由。这些谚语没有明确的好坏之分，而是被平等地当成了应对生活难题的策略。

结语：谚语的总体特征

| 结语：谚语的总体特征 |

以上我们结合谚语本身以及中国谚语发展的历史规律，对谚语的基本属性和主要内容做了简要介绍。下面要对其总体特征做进一步归纳和总结。

首先，从历时性的角度来看，谚语在形成后很少发生其他体裁那样的艺术表现手段方面的变化，就形式而言，最多只有因语词改变而造成的细微差异，如"三个臭皮匠，顶个诸葛亮"，也可以说成"三个臭皮匠，顶上一个诸葛亮"。从古至今，它主要的艺术手段不外乎两种：直言其理或是采用隐喻、象征的手法，即字面上说的是一件事，实际上指的却是另一件事。

同时，就内容而言，许多谚语自早期形成以后，它本身或是它所表达的基本观念，就一直在传承和延续，尽管在不同的时代，不断有新的内容增加，但那些有关

成都武侯祠中的诸葛亮塑像

一般性事理和道德伦理的内容得到了继承，可以说构成了民族精神血脉中的核心成分。在每个时代，它们作为最基本的元素，嵌在当时的社会历史中，成了民族的根本语汇以及维系时代精神的基础力量。

第二，从内容和形式上看，谚语具有很强的结构性

"良禽择木而栖"

特征。一方面，谚语的内容常常体现出中国人思维或观念中明显的结构与反结构关系。这主要反映在社会类谚语当中，一些讲述为人处世道理的谚语，在每个时期都可能同时存在两种截然相反的观念表达。例如："人人为我，我为人人"与"人不为己，天诛地灭"；"忠臣不事二主"与"良禽择木而栖"；"君要臣死，臣不得不死"与"君不正，臣投外国"等。这些谚语是生活复杂性和人性复杂性的体现。反映出不管是针对哪个领域的问题，人们都有两种理解的思路，而不管是哪种观念，都不约而同地采取了谚语这种表达方式，这也从侧面反映了谚语所具有的权威性。相比之下，在自然或生产类

的谚语中，类似的情况却比较少见。这方面的谚语，一般只讲述一个道理，这个道理可能会随着经验技术的逐渐积累和变化而改变，却很少有两种对立观点同时存在的情况。

谚语在形式上的结构性，也就是它在使用中体现出的结构。这主要表现在以下几个方面：1. 它必然在一段实际或假定的对话中出现；2. 它的使用是作为一种交流的方式而呈现，会受相关话语与背景知识的限定，即使人们在写给自己的日记中使用谚语，也是为了同潜在的读者进行更加充分地交流；3. 引用谚语者的身份、地位及其期望达成某种目的的决心，对谚语应用的效果具有重要的影响；4. 在对话

过程中，使用谚语往往会起到强化话语权威性的作用。

不同的人在不同的语境下引用谚语，会采取不同的技巧：有的人会使用"谚曰""语曰"或"俗话说"等特定的标定符号，以提示听众或读者自己是在引用谚语，并突出所引用内容的权威性；也有人直接引用谚语，但这并不会影响听者对所引内容的体裁与功能做出正确判断。之所以会出现这两种不同的情形，主要是因为下列这些复杂因素：1. 在所引谚语为众人所熟知的情况下，引用者会直接说出一则谚语，而不会特意强调它的体裁、属性；2. 在对话双方相互不太熟悉的情况下，引用者可能会用标定体裁属性的方式来增强其话语的权

威性以及自己说话的信心；3. 在讲话者无法确定对方是否了解所引谚语的情况下，可能会采用标定体裁的手段；4. 在讲话者的地位低于听者时，运用标定的手段似乎更为必要。

第三，谚语"只有对理解它们的人而言，才是有意义的……而要理解一则谚语，必须要结合语境方面的内容或知识。所谓语境，既包括对话发生的具体情境及其上下文，也包括与独立谚语文本中的具体概念所包含和传达的社会文化等因素密切相关的知识背景，即互文性语境，它为处于同一社会文化传统中的人们不通过具体的情境性语境就可以理解某些单独出现的谚语文本创造了基础。例如，有些比喻性谚语，"日中则昃，月满则亏"采用的是借喻手法，

"日中则昃，月满则亏"

隐去了喻体和本体。对于这些谚语文本，必须要对修辞手法有一定的了解，才能领会其中的意义。也就是说，我们在看到这则谚语文本时，虽然没有情境化的语境来帮助理解，但由于互文性语境的作用，我们完全能够体会到这些谚语背后所包含的更深一层的寓意。具体来看，这则谚语字面上表达的是对自然现象的认识，仅从这一层来说，它本身就具有自然谚语的属性。而其中所包含的比喻性意义，在我们对相关修辞手法，尤其是以相关修辞手法构成的谚语在具体语境中的其他应用情况有较多了解的前提下，也能够得到比较准确、恰当的认识和理解。

第四，谚语在口头交流或书面写作中，往往起着润滑剂的作用。同时，它又好像是整体的"筋骨"，对一段口头叙事或书面写作发挥着统领作用。从许多引用了谚语的对话和文献来看，假如去除其中所引用的谚语，整个对话或故事的进展必然会受到影响，变得毫无生机。

第五，有一些谚语往往具有很强的时代性、地方性，例如"得黄金百斤，不如得季布一诺""商山四皓，不如淮阳一老""前有管鲍，后有庆廉""徒见二千石，不如一缝掖"等，这些谚语，往往在一个时期或一个地区具有传达生活知识和经验的作用。其中有些可能会逐渐转化为一种具有长久象征意义的普遍知识，成为更大范围的民族象征体系中的一部分，有的则可能随着相关人物或时代的远去而失去其功能。但无论如何，就其当时产生的背景来说，它们均属于具有经验概括性和现实指导意义的谚语。

图书在版编目（CIP）数据

民间谚语 / 安德明著；杨利慧本辑主编. -- 哈尔滨 ： 黑龙江少年儿童出版社，2020.9（2021.8 重印）
（记住乡愁 ： 留给孩子们的中国民俗文化 / 刘魁立主编. 第六辑，口头传统辑. 二）
ISBN 978-7-5319-6518-3

Ⅰ. ①民… Ⅱ. ①安… ②杨… Ⅲ. ①谚语－汇编－中国 Ⅳ. ①I277.7

中国版本图书馆CIP数据核字(2020)第172720号

记住乡愁——留给孩子们的中国民俗文化   刘魁立◎主编
第六辑 口头传统辑（二）   杨利慧◎本辑主编

民间谚语 MINJIAN YANYU   安德明◎著

出 版 人：商 亮
项目策划：张立新 刘伟波
项目统筹：华 汉
责任编辑：杨 柳 张靖雯
整体设计：文思天纵
责任印制：李 妍 王 刚
出版发行：黑龙江少年儿童出版社
　　　　　（黑龙江省哈尔滨市南岗区宣庆小区8号楼 150090）
网　　址：www.lsbook.com.cn
经　　销：全国新华书店
印　　装：北京一鑫印务有限责任公司
开　　本：787 mm×1092 mm　1/16
印　　张：5
字　　数：50千
书　　号：ISBN 978-7-5319-6518-3
版　　次：2020年9月第1版
印　　次：2021年8月第2次印刷
定　　价：35.00元